Ulrich Hub geboren 1963 in Tübingen, ist Regisseur und Autor. Er hat mehrere Theaterstücke, auch für Kinder, geschrieben und lebt in Berlin.

Jörg Mühle geboren 1973 in Frankfurt a. M., studierte an der Hochschule für Gestaltung in Offenbach und an der École Nationale Supérieure des Arts Décoratifs in Paris. Seit 2000 arbeitet er selbstständiger Illustrator.

Weitere Informationen zum Kinder- und Jugendbuchprogramm der S. Fischer Verlage finden sich auf *www.fischerverlage.de*

Ulrich Hub

An der Arche um Acht

Mit Illustrationen von Jörg Mühle

FISCHER Taschenbuch

Für die Verwendung in der Schule ist unter
www.lehrer.fischerverlage.de
ein Unterrichtsmodell zu diesem Buch abrufbar.

3. Auflage: Juli 2018

Erschienen bei FISCHER Kinder- und Jugendtaschenbuch
Frankfurt am Main, Juli 2017

Erstmals erschienen 2007 im Sauerländer Verlag
© 2013 S. Fischer Verlag GmbH,
Hedderichstr. 114, D-60596 Frankfurt am Main

Druck und Bindung: CPI books GmbH, Leck
Printed in Germany
ISBN 978-3-7335-0437-3

Irgendwo auf der Welt gibt es eine Gegend, in der alles voller Eis und Schnee ist. Wohin man seinen Kopf dreht, sieht man nur Schnee und Eis und Eis und Schnee und Schnee und Eis.

Wenn man genauer hinsieht, kann man in dem Schnee und Eis drei kleine Gestalten erkennen. Sie stehen dicht nebeneinander und sehen sich die Gegend an. Wohin sie ihre Köpfe auch drehen, sehen sie nur Eis und Schnee und Schnee und Eis und Eis und Schnee.

same

Wenn man näher an diese Gestalten herangeht, kann man erkennen, dass es sich um drei Pinguine handelt. Sie sehen völlig gleich aus. Aber das ist normal. Alle Pinguine sehen gleich aus. Wenn man einen gesehen hat, kennt man alle.

Wenn man noch näher an diese drei Pinguine herangeht, kann man durchaus einen Unterschied zwischen ihnen feststellen. Ein Pinguin ist ein bisschen kleiner als die anderen beiden. Aber Vorsicht! Man sollte nicht zu nahe an Pinguine herangehen. Sie sind zwar völlig ungefährlich, aber sie riechen ziemlich nach Fisch.

»Du stinkst«, sagt der eine Pinguin.

»Du auch«, antwortet der andere.

»Hört auf zu streiten«, sagt der Kleine und versetzt den beiden anderen einen Tritt.

einen Tritt versetzen = (give a) kick

Wenn man einem Pinguin einen Tritt versetzt, tritt er immer zurück, und meistens ein bisschen kräftiger. Dann geht es Schlag auf Schlag, innerhalb kürzester Zeit wird daraus eine richtige Prügelei und am Ende lassen sich alle drei Pinguine in den Schnee plumpsen und schauen sich ratlos an: »Warum müssen wir uns eigentlich immer streiten?«

So vergeht ein Tag wie der andere. Erst schauen sich die Pinguine die Gegend an, dann schauen sie sich gegenseitig an und schon gibt es Streit. »Wenn endlich einmal irgendetwas passieren würde«, stöhnt der kleine Pinguin.

An diesem Tag passiert etwas. Etwas Ungewöhnliches. Das Ungewöhnliche ist klein und gelb. Dreimal flattert es um die Köpfe der Pinguine herum, bevor es im Schnee landet.

»Ein Schmetterling!«

Vor Freude machen die Pinguine einen Luftsprung und klatschen begeistert in die Flügel. Erst viel später sollte ihnen klar werden, dass das Auftauchen dieses Schmetterlings der Anfang einer riesigen Katastrophe war. Vorsichtig watscheln die Pinguine

an den Schmetterling heran und betrachten ihn verzückt. So etwas Schönes haben sie noch nie zuvor gesehen.

»Den murkse ich jetzt ab«, sagt der kleine Pinguin.

»Lass diesen Schmetterling in Frieden«, rufen die beiden anderen.

»Aber ich will den jetzt abmurksen«, bettelt der Kleine.

»Du sollst nicht töten.«

»Wer hat das gesagt ?«

»Gott«, antworten die beiden anderen Pinguine, »Gott hat gesagt, man soll nicht töten.«

»Ach so«, sagt der Kleine, dann überlegt er eine Weile und fragt schließlich: »Wer ist eigentlich Gott?«

Wenn man einen Pinguin fragt, wer Gott ist, weiß er nie genau, was er darauf antworten soll. »Oh Gott«, stottert der eine Pinguin, »schwierige Frage. Also Gott ist groß und sehr, sehr mächtig. Er hat sich jede Menge Regeln ausgedacht und kann ziemlich ungemütlich werden, wenn man sich nicht daran hält. Aber sonst ist er sehr freundlich.«

»Er hat nur einen kleinen Nachteil«, ergänzt der andere Pinguin.

»Und der wäre?«, fragt der Kleine neugierig.

»Gott ist unsichtbar.«

»Das ist aber ein gewaltiger Nachteil«, der kleine Pinguin macht ein enttäuschtes Gesicht. »Wenn man Gott nicht sehen kann, weiß man nicht mit Sicherheit, ob es ihn wirklich gibt.«

Die beiden anderen Pinguine schauen sich ratlos an. Dann fordern sie den Kleinen auf: »Blicke dich einmal um und beschreibe uns genau, was du siehst.«

»Schnee«, antwortet der kleine Pinguin, ohne sich umzublicken, denn das weiß er schon.

»Weiter.«

»Eis.«

»Weiter.«

»Schnee.«

»Weiter!«

»Und Eis und Schnee und Schnee und Eis und Eis –«

»Und wer hat das alles gemacht?«

»Gott?«, fragt der kleine Pinguin zweifelnd.

»Genau«, die beiden anderen nicken eifrig mit ihren Köpfen. »Und was sagst du nun?«

»Besonders viel ist ihm bei dieser Gegend nicht eingefallen.«

Die beiden anderen Pinguine zucken zusammen und blicken nervös in den Himmel. »Sei still, sonst hört er dich noch«, flüstern sie, »Gott hat nämlich unheimlich gute Ohren und außerdem hat er auch uns Pinguine geschaffen.«

»Dann muss er bei uns etwas durcheinandergebracht haben«, erwidert der kleine Pinguin, »wir sind Vögel, aber riechen nach Fisch, wir haben Flügel, aber können nicht fliegen.«

»Aber dafür können wir schwimmen!«

Stimmt. Pinguine sind sogar ganz ausgezeichnete Schwimmer. Aber es ist schwierig, mit Pinguinen zu diskutieren. Wenn sie sich einmal etwas in den Kopf gesetzt haben, kann man sie unmöglich vom

Gegenteil überzeugen. »Jedenfalls hat sich Gott mit diesem Schmetterling«, sagt der kleine Pinguin stur, »mehr Mühe gegeben, denn mit seinen Flügeln kann der Schmetterling fliegen, wohin er will, das ist ungerecht und deshalb murkse ich diesen Schmetterling jetzt ab.«

»Dann wirst du bestraft«, warnen die beiden anderen.

»Von wem?«

»Von Gott.«

»Da bin ich aber mal gespannt«, kichert der Kleine und hebt seinen Fuß, um ihn auf den Schmetterling zu setzen.

Das wäre das Ende des Schmetterlings gewesen. Aber etwas kommt dazwischen. Zwei Ohrfeigen. Zuerst macht der Kleine ein verdutztes Gesicht, dann fängt er laut zu heulen an.

»Ja, heule ruhig«, sagen die beiden anderen ungerührt. »Du bist ungezogen, alles muss man dir dreimal sagen und überhaupt bist du ein ganz schlechter Pinguin.«

Kein Pinguin hört es gerne, wenn man ihm sagt, er wäre ein schlechter Pinguin. Aber der Kleine tut so, als wäre ihm das gleichgültig. Trotzig lässt er sich in den Schnee plumpsen: »Na und? Es gibt gute Pinguine und es gibt schlechte, ich bin eben ein schlechter Pinguin. So war ich schon immer. Dagegen kann ich nichts machen. Außerdem ist das nicht meine Schuld. So hat mich Gott eben gemacht.«

Die beiden anderen Pinguine schlagen entsetzt ihre Flügel vors Gesicht: »Du hast dich gerade auf den Schmetterling gesetzt.«

Schnell springt der kleine Pinguin auf und blickt sich um. Dort, wo er gesessen hat, liegt der Schmetterling im Schnee. Er ist immer noch klein und gelb, aber er flattert nicht mehr. Sein linker Flügel ist ganz zerknautscht.

Gemeinsam beugen sich die drei Pinguine über den Schmetterling.

»Der Ärmste ist gestorben«, stellt der eine fest und der andere fügt hinzu: »Jetzt kommt er in den Himmel.«

»Kommen alle, die gestorben sind, in den Himmel?«, erkundigt sich der kleine Pinguin.

»Nein, nicht alle, nur die Guten kommen in den Himmel, du zum Beispiel nicht.«

»Bin ich kein Guter?«, fragt der Kleine verblüfft.

Die beiden anderen schütteln den Kopf. »Du hast gerade einen Schmetterling getötet.«

»Aber nicht mit Absicht!«

»Du hast gesagt, du wolltest ihn abmurksen, und jetzt ist er abgemurkst.« Sie zeigen auf den Schmetterling, der reglos im Schnee liegt. »Davon wird Gott nicht besonders begeistert sein.«

»Vielleicht hat er gerade nicht hingeguckt«, murmelt der kleine Pinguin.

»Gott hat unheimlich gute Augen, er sieht alles, und wenn du gestorben bist und in den Himmel spazieren willst, wird er dich persönlich am Tor abfangen und eine kleine Unterhaltung mit dir führen.«

»Bis dahin«, der Kleine versucht, ein leichtes Zittern in der Stimme zu verbergen, »hat er das mit dem Schmetterling schon längst vergessen.«

»Darauf würde ich mich lieber nicht verlassen, Gott hat nämlich ein hervorragendes Gedächtnis

und er vergisst nie, einen Pinguin zu bestrafen, der sich nicht an die Regeln gehalten hat.«

»Was sind das für Strafen?«

»Lass dich einfach überraschen«, die beiden anderen Pinguine wechseln grinsend einen Blick. »Möglicherweise ist Gott bei der Erschaffung dieser Gegend nicht besonders viel eingefallen, aber sobald es um die Erfindung von Strafen geht, hat er unheimlich viel Fantasie.«

»Ich glaube, Gott gibt es überhaupt nicht.« Der kleine Pinguin stampft mit dem Fuß auf. »Ihr habt

euch das nur ausgedacht, um mir Angst einzujagen. Ich brauche keinen Gott. Bisher bin ich ganz gut ohne ihn zurechtgekommen und euch« – bei diesen Worten schießen Tränen in seine Augen – »euch beide brauche ich auch nicht. Ich will keine Freunde haben, die mir Angst machen. Euch will ich in meinem ganzen Leben nie wieder sehen!«

Dann watschelt er so schnell davon, dass der Schnee wie Wolken aufwirbelt.

Verdutzt blicken ihm die beiden anderen Pinguine nach.

»Was ist denn plötzlich in ihn gefahren?«, fragt der eine.

»Vielleicht hat er recht«, sagt der andere. »Ich habe Gott noch nie gesehen und ich kenne niemanden, der Gott jemals gesehen hat. Gelegentlich sollte Gott sich bemerkbar machen.«

»Sei still«, der eine Pinguin senkt seine Stimme. »Gott beobachtet uns genau. Sogar jetzt, spürst du das nicht? Schau mal in den Himmel.«

Beide Pinguine legen den Kopf in den Nacken und blicken nach oben. Schwere dunkle Wolken sind am Himmel zu sehen. Der eine zeigt mit dem Flügel in die Höhe und erklärt feierlich: »Hinter diesen

Wolken marschiert der liebe Gott auf und ab und beobachtet uns genau.«

»Unsinn«, widerspricht der andere, »Gott kann uns überhaupt nicht sehen. Die dunklen Wolken hindern ihn daran, wenn er am Himmelsrand herummarschiert.«

In diesem Augenblick trudelt eine dicke weiße Taube durch die Luft, steuert auf die Pinguine zu und landet ungeschickt im Schnee, wobei sie sich mehrfach überschlägt.

Neugierig verfolgen die beiden Pinguine dieses Landemanöver. »Heute können wir uns nicht über Langeweile beklagen«, denken sie, »erst der kleine Schmetterling und jetzt sogar eine dicke Taube.« Als die Taube wieder zu sich gekommen ist, rappelt sie sich auf, schüttelt den Schnee von den Flügeln und stellt sich breitbeinig vor den beiden Pinguinen auf. »Habt ihr einen Moment Zeit, um über Gott zu sprechen?«, fragt sie und fährt ohne eine Antwort abzuwarten fort: »Gut, ich bringe euch nämlich eine Nachricht von Gott, hört gut zu, Gott hat gesagt ... Was riecht hier so nach Fisch?«

»Das sind wir«, antworten die beiden Pinguine und watscheln neugierig näher.

»Dann kommt um Gottes willen nicht so nah an mich heran«, kreischt die Taube und macht einen Satz rückwärts. »Gott hat genug von den Menschen und den Tieren, ständig streiten sie sich, alles muss man ihnen dreimal sagen, allmählich hat Gott die Geduld verloren, deshalb hat er gesagt«, und jetzt macht sie eine Kunstpause, bevor sie mit gesenkter Stimme weiterspricht: »Ich lasse eine gewaltige Sintflut entstehen, die Flüsse und Meere werden immer höher steigen und über die Ufer treten, bis alles im Wasser verschwunden ist, das Wasser soll über die Häuser steigen, bis über die Baumwipfel, und auch die Gipfel der höchsten Berge sollen in der Flut versinken, am Ende wird die ganze Erde mit Wasser überschwemmt sein. So, fertig!« Die Taube holt einmal tief Luft, bevor sie sich erschöpft in den Schnee plumpsen lässt. »Jetzt wissen alle Tiere auf der Welt Bescheid, ihr beiden seid die letzten gewesen.«

Die beiden Pinguine haben mit offenem Schnabel zugehört. »Aber das bedeutet das Ende der Welt.«

»Genau das ist Gottes Absicht«, die Taube zieht aus ihrer Tasche ein Fläschchen, dreht den Deckel auf und nimmt einen kräftigen Schluck. »Gott will die gesamte Welt auslöschen und anschließend noch einmal von vorne anfangen und ihr beide«, fügt sie mit einem strengen Blick hinzu, »riecht wirklich schrecklich nach Fisch.«

»Aber was passiert mit den Menschen und den Tieren?«, fragen die Pinguine mit zitternder Stimme.

Die Taube gibt keine Antwort. Sorgfältig dreht sie den Deckel ihres Fläschchens zu. Endlich sagt sie achselzuckend: »Früher oder später werden sie es schon merken.«

»Was?«

»Na ja —«

»Dass sie ertrinken?«

»Das habt *ihr* jetzt gesagt«, die Taube blickt die beiden Pinguine vorwurfsvoll an.

»Du wolltest immer, dass Gott sich bemerkbar macht«, fährt der eine Pinguin den anderen an, »das hast du jetzt davon! Deutlicher geht es wohl nicht mehr.«

»Aber muss es denn gleich eine Sintflut sein?«, klagt der andere und wendet sich verzweifelt an die Taube. »Kann man nicht noch einmal mit Gott reden?«

Die Taube legt ihren Kopf schief. »Ich kenne Gott zwar nicht persönlich, aber mit ihm kann man schlecht diskutieren, wenn er sich einmal etwas in den Kopf gesetzt hat, kann man ihn unmöglich vom Gegenteil überzeugen. Außerdem ist es schon zu spät. Es fängt schon zu regnen an.«

Stimmt. Die beiden Pinguine blicken nach oben. Schon platschen dicke Regentropfen auf ihre Schädel.

»Aufhören, bitte aufhören«, wimmern die beiden Pinguine und strecken flehend ihre Flügel zum Himmel. »Wir werden uns nie wieder streiten, das versprechen wir, in Zukunft wollen wir immer brav sein.«

»Hört auf zu jammern«, sagt die Taube streng, »sondern fangt lieber an zu packen.«

»Packen?«

»Auf der Arche Noah ist noch Platz für zwei Pinguine, habe ich das nicht erwähnt?«, fragt die Taube und fährt ohne eine Antwort abzuwarten fort: »Von jeder Tierart nehmen wir zwei Exemplare an Bord, wir brauchen zwei Elefanten, zwei Iltisse, zwei Igel, zwei Zebras, zwei Kängurus, zwei Waschbären, zwei Schlangen, zwei Rehe, zwei Eichhörnchen, zwei Giraffen, zwei Marder, zwei Löwen, zwei Hunde, zwei Krokodile, zwei Gänse, zwei Dromedare, zwei Weidenkätzchen, zwei Ameisen –«

Den Pinguinen wird allmählich ganz wirr im Kopf: »Aber warum immer nur zwei?«

»Die Arche Noah ist zwar ein enorm großes Schiff«, antwortet die Taube ungeduldig, »aber ihr Platz ist nicht unbegrenzt. Deshalb dürfen nur zwei Exemplare jeder Tierart an Bord. Hier sind die Tickets. Aber verliert sie nicht!«

Mit diesen Worten überreicht sie jedem Pinguin ein Ticket. »Aber denkt daran«, schärft sie ihnen ein, »an der Arche um Acht, wer zu spät kommt, ertrinkt.«

Auf der Vorderseite der Tickets ist ein großes Schiff abgebildet, das über ein blaues Meer fährt. Auf der Rückseite kann man in kleinen Buchstaben lesen:

Das Ticket berechtigt nur zur Beförderung. Ein Anspruch auf einen Sitzplatz besteht nicht. Der Weiterverkauf von Tickets ist untersagt. Nach der Sintflut verlieren die Tickets ihre Gültigkeit.

Beide Pinguine haben keinerlei Einwände. Aber Pinguine können sowieso nicht besonders gut lesen.

Bevor sich die Taube in die Luft erhebt, wirft sie einen Blick auf diese zwei Pinguine und sagt: »Komisch, irgendwie habe ich das dumpfe Gefühl, ich hätte etwas vergessen. Etwas ganz Wichtiges.« Sie kratzt sich am Kopf und murmelt: »Ach, ich komme schon noch darauf.«

Dann flattert die dicke Taube mit den Flügeln, erhebt sich mühsam in die Luft und trudelt durch den Regen davon.

Fieberhaft fangen die beiden Pinguine zu packen an. Aber sie sind nicht ganz bei der Sache. Der eine denkt: ›Wir wurden auserwählt aus allen Pinguinen, weil wir die besten sind. Vor allem ich. Wir waren immer brav. Vor allem ich. Wir müssen gerettet werden. Vor allem ich. Deshalb haben wir Tickets für diese Arche Noah erhalten. Sonst müssten wir ertrinken wie zum Beispiel –‹ Er hält inne.

Währenddessen denkt der andere Pinguin: ›Da haben wir noch einmal Glück gehabt. Wenn wir nicht zufällig dieser Taube begegnet wären, müssten wir jetzt ertrinken. Wie doch alles im Leben vom Zufall abhängt. Hätten hier zwei andere Pinguine gestanden, hätten sie eben diese Tickets bekommen und wir beide müssten jämmerlich ertrinken wie zum Beispiel –‹ Schlagartig hört der Pinguin zu packen auf. Ein schreckliches Bild steht ihm vor Augen. »Was passiert jetzt mit unserem kleinen Pinguin?«, fragt er laut.

Keine Antwort. Beide Pinguine starren in den Regen und sehen, wie das Wasser immer höher steigt. Endlich sagt der eine achselzuckend: »Früher oder später wird er es schon merken.«

»Was?«

»Na ja –«

»Dass er ertrinkt?«

»Das hast *du* jetzt gesagt«, antwortet er mit einem vorwurfsvollen Blick.

»Willst du etwa seelenruhig zusehen, wie unser Freund ertrinkt?«

»Nein, ich werde nicht zusehen, weil ich nämlich schon weit weg bin, wenn er ertrinkt, und zwar auf dieser Arche Noah. Jetzt schau mich nicht so komisch an, diese Sintflut war schließlich nicht meine Idee!« Und ohne etwas in seinen Koffer gepackt zu haben, wirft er den Deckel mit einem Knall zu und sagt: »Fang endlich an zu packen.«

Der andere Pinguin blickt in seinen Koffer und überlegt, was man auf einer Arche am nötigsten braucht. »Wir sollten unseren kleinen Pinguin einpacken und heimlich an Bord schmuggeln.«

»Bist du verrückt? Wenn das herauskommt, fliegen wir in hohem Bogen von der Arche, dann überlebt kein einziger Pinguin. Wir beide« – und bei diesen Worten scheppert seine Stimme wie eine kleine Trompete – »wir haben die Verantwortung für die gesamte Gattung Pinguin, verstehst du?«

Das mit der Gattung und der Verantwortung leuchtet dem anderen Pinguin ein. Betrübt schließt er den Deckel seines Koffers, ohne etwas eingepackt zu haben, und murmelt: »Wenigstens will ich ihn ein letztes Mal sehen.«

»Von mir aus«, grummelt der eine Pinguin. »Aber er wird nicht begeistert sein, uns zu sehen. Wie ich ihn kenne, ist er bestimmt noch beleidigt.«

Aber der kleine Pinguin ist nicht beleidigt, sondern steht unter einem Regenschirm. ›Warum habe ich nur gesagt, ich könne gut auf meine Freunde verzichten? Jetzt habe ich niemanden mehr, mit dem ich streiten kann. Am liebsten würde ich zu ihnen zurückwatscheln und ihnen sagen, dass ich einen Fehler gemacht habe.‹ Aber das ist natürlich ausgeschlossen. Kein Pinguin gibt es gerne zu, wenn er einen Fehler gemacht hat. ›Wahrscheinlich muss ich für den Rest meines Lebens allein bleiben‹, denkt der kleine Pinguin und starrt auf seine winzigen Füße, die langsam im steigenden Wasser versinken.

Plötzlich hört er zwei vertraute Stimmen: »Wir waren nur zufällig in der Nähe und dachten, wir schauen mal auf einen Sprung vorbei.«

Der kleine Pinguin blickt auf. Vor ihm stehen die beiden anderen. Jeder von ihnen trägt einen Koffer.

»Wollt ihr verreisen?«

»Wie kommst du auf diesen Gedanken?« Die beiden anderen lachen verlegen und versuchen, ihre Koffer hinter den Rücken zu verstecken. Dann sagen sie nichts, sondern schauen den Kleinen mit großen Augen an und seufzen einmal.

»Es regnet«, sagt der kleine Pinguin.

»Ach«, antworten die beiden anderen, »das ist uns noch gar nicht aufgefallen«, und schauen in den Himmel, von dem der Regen sturzbachartig herunterprasselt.

»Es sieht so aus«, sagt der Kleine, »als ob dieser Regen überhaupt nicht mehr aufhören würde.«

»Das hört schon wieder auf«, antworten die beiden anderen schnell und blicken auf ihre Füße, die schon tief im Wasser versunken sind. Dann sagen sie nichts mehr, sondern schauen den Kleinen mit großen schwarzen Augen an und stoßen einen tiefen Seufzer aus.

»Kommt lieber unter meinen Regenschirm, sonst holt ihr euch noch eine Erkältung!«

Die beiden anderen Pinguine rühren sich nicht vom Fleck.

»Wenn drei Pinguine im Regen stehen«, fährt der Kleine freundlich fort, »aber nur einer hat einen Regenschirm, ist es doch selbstverständlich, dass er seinen Freunden einen Platz unter seinem Regenschirm anbietet.«

»Das hast du aber schön gesagt«, antworten die beiden anderen leise und schauen ihn mit großen feuchten Augen an.

»Habt ihr Tränen in den Augen?«

»Das sind nur Regentropfen«, die beiden wenden schnell ihren Blick ab und stoßen einen Riesenseufzer aus.

Diese Seufzer und Tränen kommen dem kleinen Pinguin merkwürdig vor. So etwas Ähnliches will er gerade sagen, aber dazu hat er keine Gelegenheit mehr. Denn die beiden anderen Pinguine benehmen sich noch viel merkwürdiger. Sie ballen ihre Flügel zu kleinen Fäusten und versetzen dem Klei-

nen einen kräftigen Schlag auf den Schädel, sodass er jede Menge Sternchen sieht. Dann sieht er gar nichts mehr und verliert das Bewusstsein. So merkt er nicht, dass die beiden ihn packen und versuchen, in einen Koffer zu stopfen.

Obwohl der kleine Pinguin nicht besonders groß ist, passt er in keinen der beiden Koffer.

Bis die beiden anderen Pinguine einen größeren Koffer aufgetrieben haben und den Kleinen hineingestopft, den Deckel zugeschlagen und mit zwei Schnallen, von denen die eine ein bisschen klemmt, verschlossen haben, ist jede Menge Zeit vergangen. Und als die beiden Pinguine mit einem großen schweren Koffer an der Arche ankommen, ist längst die Dunkelheit hereingebrochen.

Im strömenden Regen steht die Taube am Eingang der Arche und brüllt mit heiserer Stimme: »Letzter Aufruf für alle fehlenden Passagiere! Die beiden Pinguine werden dringend gebeten, sich an der Arche Noah einzufinden. Letzter Aufruf für alle fehlenden Passagiere!«

Als sie die beiden Pinguine erblickt, die durch das kniehohe Wasser stiefeln, wobei sie über ihren Köpfen einen großen Koffer tragen, fährt sie die beiden an: »Wo habt ihr die ganze Zeit gesteckt? Ihr seid die Letzten, alle anderen Tiere sind längst an Bord, selbst die beiden Schildkröten waren schneller als ihr, Noah wollte schon ohne euch abfahren, ich habe gesagt, an der Arche um Acht!«

»Ach so«, die beiden Pinguine ziehen den Koffer die Stufen der Gangway hinauf. »Wir haben gedacht, an der Arche um Mitternacht.«

Die Taube wirft einen Blick auf den Koffer: »Diesen Koffer wollt ihr hoffentlich nicht an Bord nehmen. Ich habe gesagt, nur Handgepäck.«

»Von diesem Koffer können wir uns unmöglich trennen.«

»Warum?«

Die Pinguine drucksen ein bisschen herum.

»Was befindet sich in diesem riesigen Koffer?«, fragt die Taube.

»Nur Luft.«

»Warum ist er dann so schwer?«

»Es handelt sich eben«, stöhnen die beiden Pinguine unter der Last des Koffers, »um dicke Luft.«

Die Taube hat strikte Anweisung von Noah, jedes verdächtige Gepäckstück zu öffnen.

Misstrauisch beugt sie sich über den Koffer und schnüffelt daran. »Dieser Koffer riecht nach Fisch«, stellt sie fest, »versucht ihr etwa, ein Fischbrötchen an Bord zu schmuggeln?«

»Das sind wir«, antworten die beiden Pinguine, »wir riechen immer so.«

»Der Verzehr mitgebrachter Speisen und Getränke ist an Bord nicht gestattet«, fährt die Taube unbeirrt fort, »auf der Arche gibt es einen kleinen Kiosk. Aufmachen.«

»Dieser Koffer ist ganz harmlos.«

»Ich glaube euch kein Wort.« Die Taube behält den Koffer im Auge.

»Wir sind Pinguine«, sagen die Pinguine mit einem falschen Lächeln, »man kann uns vertrauen.«

»Das haben die Klapperschlangen auch behauptet«, lacht die Taube höhnisch, »und was finde ich in ihren Handtaschen? Ein Kartenspiel!«

»Unerhört«, die Pinguine sind ehrlich empört.

»Jede Form von Glücksspiel«, erläutert die Taube, »ist auf der Arche Noah strengstens verboten.«

Der eine Pinguin versichert, dass sich in diesem Koffer ganz bestimmt kein Kartenspiel befindet, und damit sagt er ausnahmsweise einmal die Wahrheit, während sich der andere Pinguin erkundigt, wie Schlangen eigentlich Karten spielen können, aber die Taube erklärt, sie habe keine Lust auf weitere Diskussionen und werde jetzt diesen Koffer öffnen, und falls sich darin etwas anderes als dicke Luft befinde, könnten die Pinguine ihren Platz auf der Arche vergessen und müssten jämmerlich ertrinken, dann würde es in Zukunft eben keine Pinguine mehr geben, was übrigens ihr, der Taube, piepegal wäre.

Die beiden Pinguine wechseln einen Blick, holen einmal tief Luft und stammeln: »Also gut, in diesem Koffer befindet sich – wir haben es einfach nicht übers Herz gebracht, aber es ist wirklich nur ein ganz kleiner –«

In diesem Augenblick zuckt ein Blitz über den Himmel und taucht alles in grelles Licht, gefolgt von einem so gewaltigen Donner, dass es auf der gesamten Erde widerhallt. Jetzt bricht das Unwetter richtig los. Wassermassen stürzen senkrecht vom Himmel herab, als würde der Regen eimerweise auf die Erde geschüttet.

»Die Sintflut!«, die Taube stößt einen spitzen Schrei aus, »es geht los. Was steht ihr hier herum und quatscht? Los, schafft endlich diesen Koffer an Bord, ich muss die Tür schließen!« Und keuchend schieben die Pinguine den schweren Koffer durch den Eingang der Arche.

Bevor die Taube die Tür schließt, wirft sie einen letzten Blick auf die Erde, die in Kürze völlig überschwemmt sein wird. »Komisch, irgendwie habe ich das dumpfe Gefühl, ich hätte etwas vergessen. Etwas ganz

Wichtiges.« Sie kratzt sich
am Kopf und murmelt: »Ach,
ich komme schon noch darauf.« Dann wirft sie
rasch die Tür hinter sich zu.

Wer schon einmal auf der Arche Noah gewesen
ist, weiß, dass es sich um ein enorm großes Schiff
handelt. So groß, dass man sich leicht darauf verlaufen kann. Es verfügt sogar über drei Stockwerke.
Noah ist mächtig stolz auf seine Arche, obwohl er
behauptet, dass er bei deren Bau den einen oder anderen Tipp von Gott persönlich erhalten habe. Zum
Beispiel soll der ihm empfohlen haben, Tannenholz
zu verwenden und die Arche am Ende mit Teer zu
bestreichen, damit kein Wasser eindringen kann.

Die beiden Pinguine haben allerdings keine Gelegenheit, Noahs Geschick zu würdigen. Schnaufend
folgen sie mit dem schweren Koffer der Taube, die

sie durch endlos lange Gänge scheucht. Sie müssen über Lüftungsrohre klettern und immer wieder steile Stufen hinuntersteigen, bis sie überhaupt nicht mehr wissen, wo sie sich befinden. Sobald einer von ihnen vor Anstrengung leise stöhnt, dreht die Taube ihren Kopf um und zischt wütend: »Ruhe, alle anderen Tiere schlafen schon längst.«

Am Ende eines langen Gangs öffnet die Taube eine Tür und verschwindet dahinter. Drinnen ist es kohlschwarz. Die beiden Pinguine stolpern ihr mit dem Koffer nach.

»Wo sind wir?«

»Ihr seid ganz unten«, raunt die Taube, »im Bauch der Arche.«

Die beiden Pinguine stellen den Koffer ab und blicken sich um. Es ist ziemlich dunkel, abgesehen von einer Glühbirne, die von der Decke baumelt und einen schwachen Strahl verbreitet, der über ein paar Fässer fällt. Es knackt und knarrt an allen Ecken.

»Was riecht hier denn so komisch?«

»Das ist Teer«, die Taube zeigt auf die Fässer. »Noah hat die Arche mit Teer bestrichen, damit kein Wasser eindringen kann.«

»Teer?!«, quieken die beiden Pinguine entsetzt.

»Leise, sonst wachen die anderen Tiere auf.« Die Taube blickt beunruhigt zur Decke. »Vor allem die Löwen haben einen sehr leichten Schlaf.«

»Dieser Gestank ist kaum auszuhalten.«

»Diesen Teergeruch werdet ihr mit eurem Fischgestank bald übertüncht haben«, sagt die Taube kühl und will schon gehen. »Sonst noch Fragen?«

Natürlich haben die Pinguine Fragen. Sogar jede Menge. Sie wollen wissen, wie lange das Buffet geöffnet hat, ob man sich zu den Mahlzeiten umziehen muss, wo man Liegestühle mieten kann, ob es einen Pool an Deck gibt, ob an Bord Gymnastik angeboten wird und –

»Was glaubt ihr eigentlich, wo ihr seid?«, brüllt die Taube mit hochrotem Kopf. »Das ist eine Rettungsaktion und keine Luxuskreuzfahrt!«

Im nächsten Moment ist von oben ein gewaltiges Brüllen zu hören. Die beiden Pinguine zucken zusammen und die Taube blickt zur Decke und verdreht die Augen: »Seht ihr, jetzt sind die Löwen wieder aufgewacht, es ist nicht leicht, ein paar Löwen zum Einschlafen zu bringen, vor allem wenn man eine Taube ist. Ich lasse euch jetzt allein, aber ich will keinen Mucks mehr hören.«

»Moment«, fragen die Pinguine entrüstet, »müssen wir etwa die ganze Zeit hier unten bleiben?«

»Ihr könnt froh sein, überhaupt einen Platz bekommen zu haben«, antwortet die Taube gereizt. »Die Arche ist bis zum Rand mit Tieren vollgestopft. Hier unten ist es zwar dunkel und es gibt kaum Luft, aber wenigstens habt ihr Platz, oben ist vor lauter Tieren überhaupt kein Durchkommen.«

»Aber was sollen wir die ganze Zeit hier unten machen?«

»Schlafen, wie alle anderen Tiere auch.«

»Und wann sind wir da?«

»Wir sind noch überhaupt nicht losgefahren«, schreit die Taube aus Leibeskräften, »und ihr wollt schon wissen, wann wir da sind?«

Im nächsten Augenblick ist von oben ein schmetterndes Trompeten zu hören. Die beiden Pinguine zucken zusammen und die Taube jammert: »Bravo, jetzt sind auch die Elefanten aufgewacht, das ist alles nur eure –«

Plötzlich gibt es einen kräftigen Ruck. Der Schiffsboden schwankt. Die Taube purzelt über die Pinguine. Der Schrankkoffer setzt sich von selbst in Bewegung und rutscht über den Boden. Schlotternd klammern sich die Vögel aneinander. Von allen Seiten sind furchtbare Schreie zu hören. Bärenbrüllen, Schafsblöken, Schweinegrunzen, Elefantentrompeten, Gänseschnattern, Affenkreischen, Ziegenmeckern, Pferdewiehern, Hundebellen, Hahnenschrei, Froschquaken, Huhngegacker, Käuzchenrufe, Schlangenzischen, Nilpferdrülpsen, Reheschweigen, das Muhen der Kühe, das Heulen der Wölfe, das Miauen der Katzen – kurz gesagt: ohrenbetäubender Lärm.

Irgendwann ist alles wieder still. Nur ein gleichmäßiges Rauschen ist zu vernehmen. Der Boden schwankt. Langsam baumelt die Glühbirne, die von der Decke hängt, von der einen Seite zur anderen.

»Wir haben abgelegt«, stellt die Taube fest. »Die Arche Noah setzt sich in Bewegung, es geht los. Gute Reise.«

Auf der Schwelle dreht sich die Taube noch einmal um und wirft einen Blick auf beide Pinguine, die zitternd im Bauch der Arche stehen und sich fest an den Flügeln halten.

»Komisch«, sagt die Taube, »irgendwie habe ich das dumpfe Gefühl, ich hätte etwas vergessen. Etwas ganz Wichtiges.« Sie kratzt sich am Kopf und murmelt: »Ach, ich komme schon noch darauf.« Dann wirft sie rasch die Tür hinter sich zu.

Sofort öffnen die beiden Pinguine den Koffer. »Hoffentlich ist er in der Zwischenzeit nicht erstickt.«

Wie eine Ziehharmonika zusammengepresst steckt der kleine Pinguin darin. Die beiden anderen stupsen ihn mit ihren Flügeln an. Er rührt sich nicht. Sie stecken ihre Köpfe in den Koffer und schnüffeln an ihm. Er riecht schon ganz komisch.

Auf den ersten Blick scheint der kleine Pinguin tot zu sein, aber als er hört, wie der eine Pinguin sagt: »Er kommt bestimmt in den Himmel«, schießt er wie eine Sprungfeder aus dem Koffer, blickt sich um und fragt aufgeregt: »Wo bin ich?«

»Auf der Arche Noah.«

»Was riecht hier denn so komisch?«

»Das ist Teer«, erklären ihm die anderen, »aber man gewöhnt sich daran.«

»Mir gefällt es hier nicht besonders«, sagt der Kleine und klettert aus dem Koffer. »Ich gehe wieder nach Hause.«

Vorsichtig machen die beiden anderen ihm klar, dass es kein Zuhause mehr gebe, alles sei überschwemmt, denn Gott habe die ganze Erde unter Wasser gesetzt.

Der kleine Pinguin schluckt schwer. »Dann gibt es Gott also wirklich?«

»Das hat er uns jetzt deutlich bewiesen«, erklären die beiden anderen und packen ihn plötzlich am Kragen: »Du machst immer nur Schwierigkeiten, eigentlich dürfen nur zwei Pinguine an Bord, aber wir haben dich heimlich an Bord geschmuggelt, doch das darf nie herauskommen, hast du das verstanden?«

»Und was passiert mit den anderen Tieren?«, fragt der kleine Pinguin, aber er bekommt keine

Antwort. Die beiden anderen starren auf ihre Füße. Endlich antworten sie achselzuckend: »Die werden es früher oder später schon merken.«

»Was?«

»Na ja –«

»Dass sie ertrinken?!«

»Das hast *du* jetzt gesagt«, die beiden anderen schauen den kleinen Pinguin vorwurfsvoll an.

»Gott lässt zu, dass alle anderen Tiere ertrinken?«

Die anderen beiden versuchen zu erklären, dass Gott irgendwie unzufrieden sei, irgendwie habe er genug von allem, deshalb wolle er noch einmal von vorne anfangen, aber eigentlich hätten sie das alles auch nicht richtig kapiert.

»Ich schon«, sagt der kleine Pinguin, watschelt langsam in eine hinterste Ecke des Schiffsbauches und fängt leise zu weinen an: »Das ist alles meine Schuld. Ich habe gesagt, es gibt keinen Gott, und deshalb hat er diese Sintflut geschickt.«

»Ach, das hat er gar nicht gehört.«

»Doch«, schluchzt der kleine Pinguin, »Gott hat unheimlich gute Ohren, ich bin ein schlechter Pinguin, darauf bin ich sogar stolz gewesen, und außerdem –« und jetzt wird seine Stimme ganz leise – »außerdem habe ich jemanden abgemurkst.«

»Wen?«

»Den Schmetterling.«

»Ach, das haben wir schon längst vergessen.«

»Aber Gott nicht«, der kleine Pinguin schluchzt laut auf, »Gott hat nämlich ein unheimlich gutes Gedächtnis.«

»Gott hat da überhaupt nicht hingeguckt«, beteuern die beiden anderen, »er musste nämlich gerade diese Sintflut vorbereiten und hatte alle Hände voll zu tun, eine Sintflut ist selbst für jemanden wie Gott kein Klacks, und außerdem hast du dich nicht mit Absicht auf den Schmetterling gesetzt, das war ein Versehen.«

»Da bin ich mir nicht so sicher«, gesteht der kleine Pinguin. »Ich wollte mich nämlich setzen und habe gedacht: ›Da war doch was Gelbes.‹ Dann habe ich mich gesetzt und gedacht: ›War das jetzt der Schmetterling?‹ Aber dann dachte ich: ›Egal, jetzt sitze ich schon, und wenn das jetzt der Schmetterling gewesen ist, na ja, dann hat er eben Pech gehabt, der Schmetterling –‹«

Der kleine Pinguin schluchzt so sehr, dass sein ganzer Körper bebt. Die beiden anderen trocknen seine Tränen und versichern: »Außerdem ist dieser Schmetterling überhaupt nicht tot, er ist gleich wieder zu sich gekommen, wenn du nicht sofort weggelaufen wärst, hättest du es selbst gesehen. Er hat sich ein bisschen geschüttelt und ist weggeflogen. Sein linker Flügel war noch ein bisschen zerknautscht, drum ist er durch die Luft geschaukelt und –«

Das entspricht zwar nicht ganz der Wahrheit, denn keiner der Pinguine hatte sich weiter um den Schmetterling gekümmert, aber der Kleine muss unter allen Umständen ruhiggestellt werden. Sein Heulen ist bestimmt schon auf der ganzen Arche zu hören.

»Ach, das sagt ihr nur, um mich zu trösten«, der kleine Pinguin reißt sich los, wirft sich auf den Bauch und trommelt mit seinen kleinen Flügeln auf den Schiffsboden. »Ich habe einen Schmetterling getötet und Unglück über die ganze Welt gebracht!« Er streckt seine kleinen Flügel zur Decke und schreit aus Leibeskräften: »Ich glaube an dich, Gott! Aber warum bestrafst du alle anderen? Ein einziger Pinguin hat dich beleidigt, aber du rächst dich an der ganzen Welt! Nennst du das Gerechtigkeit? Ich bin wütend auf dich. Sogar sehr, sehr wütend! Hast du gehört, Gott? Hörst du mich?!«

Die Taube jedenfalls hat das Geheul gehört. In Riesenschritten nähert sie sich dem Bauch der Arche. Im letzten

Augenblick springt der eine Pinguin in den Koffer und schlägt den Deckel zu. Keinen Moment zu früh. Schon wird die Tür aufgerissen. »Könnt ihr euch nicht wie normale Tiere benehmen?«, schreit die Taube. »Euch hört man bis auf das Vorderdeck! Ihr sollt schlafen!«

Wenn die Taube ein bisschen genauer hingesehen hätte, wäre ihr aufgefallen, dass einer der Pinguine ein bisschen kleiner ist. »Ich habe schon genug um die Ohren«, klagt sie, »die beiden Antilopen wollen aus mir unbekannten Gründen nicht neben den Löwen schlafen. Die beiden Spechte klopfen Löcher in den Schiffsboden. Die eine Ameise hat ihren Partner verloren und sucht ihn überall. Und Noah ist keine große Hilfe, er sagt immer nur: ›Mach dies, mach das, los, Beeilung!‹ Aber ›Dankeschön‹ hat er bisher noch nicht gesagt und –«

Plötzlich hält die Taube inne und schaut die beiden Pinguine genauer an: »Dieser Pinguin sieht so anders aus.«

Vor Angst bringt der Kleine keinen Laut heraus, aber der andere sagt schnell: »Alle Pinguine sehen gleich aus.«

»Das habe ich bisher auch immer gedacht«, sagt die Taube und blickt von einem Pinguin zum anderen. »Aber dieser Pinguin ist kleiner geworden.«

»Pinguine schrumpfen leicht.«

»So, so«, sagt die Taube und fasst den Kleinen scharf ins Auge. »Warum sagt er nichts?«

Der Kleine räuspert sich und krächzt: »Ich habe Hunger.«

»Auch seine Stimme klingt irgendwie anders.«

»Das kommt vom Hunger«, sagen beide Pinguine gleichzeitig und fangen zu zittern an.

Die Taube holt einmal tief Luft und verdreht die Augen, dann reicht sie den Pinguinen mit verdrießlicher Miene eine Packung Kekse. »Das war eigentlich mein Reiseproviant, aber haltet den Schnabel. Der Verzehr mitgebrachter Speisen ist an Bord nicht gestattet, aber die anderen Tiere halten sich auch nicht daran. Die Kängurus haben sogar Picknicktaschen.«

Sobald die beiden Pinguine sich gierig auf die Kekse stürzen, ärgert sich die Taube über ihren plötzlichen Anfall von Mitleid und fährt die beiden zornig an: »Aber krümelt nicht! Und teilt sie euch gut ein. Wer weiß, wie lange wir noch unterwegs sind.«

Auf der Schwelle dreht sie sich noch einmal um und wirft einen Blick auf beide Pinguine, die kauend im Bauch der Arche kauern. »Komisch«, sagt die Taube, »irgendwie habe ich das dumpfe Gefühl, ich hätte etwas vergessen. Etwas ganz Wichtiges.« Sie kratzt sich am Kopf und murmelt: »Ach, ich komme schon noch darauf.« Dann wirft sie rasch die Tür hinter sich zu.

Im nächsten Augenblick hüpft der dritte Pinguin aus dem Koffer und streckt gierig seine Flügel nach den Keksen aus. Für lange Zeit ist aus dem tiefen Bauch der Arche kein anderes Geräusch zu vernehmen als das leise Knabbern der Pinguine.

Tief unten im Bauch der Arche gibt es keinen Tag und keine Nacht. Die Glühbirne schaukelt von einer Seite auf die andere. Es riecht nach Teer. »Ach«, klagt der kleine Pinguin, »ich wünschte, ich läge ertrunken auf dem Meeresgrund.« Die Reise kommt ihm wie eine Ewigkeit vor. Die Kekse sind schon lange weg. Die Pinguine liegen auf dem Rücken und lauschen dem Prasseln des Regens und dem Knurren ihrer Mägen.

»Ach«, wimmert der kleine Pinguin wieder, »ich wünschte, ich läge ertrunken auf dem Meeresgrund.«

»Wenn du das noch ein einziges Mal sagst«, rufen die beiden anderen, »werfen wir dich über Bord.«

»Umso besser«, jammert der kleine Pinguin, »dann läge ich endlich ertrunken auf dem Meeresgrund!« Dann schaut er seine Freunde an und denkt: ›Bestimmt haben es die beiden anderen schon längst bereut, mich heimlich an Bord geschmuggelt zu haben. Ständig muss sich einer von uns in diesem Koffer verstecken. Früher oder später wird die Taube dahinterkommen. Meine Freunde hätten mich einfach ertrinken lassen sollen. Das wäre für alle die einfachste Lösung gewesen.‹

Die beiden anderen denken: ›Es ist ein Fehler gewesen, sich auf diesen Schwindel einzulassen. Wir hätten der Taube sagen sollen: Wir sind drei Freunde und lassen keinen von uns ertrinken. Pinguine gibt es nur im Dreierpack, und wenn das Gott nicht gefällt, muss er eben in Zukunft ohne Pinguine auskommen, fertig.‹

»Wisst ihr noch, wie es zu Hause war?«, fragt plötzlich der kleine Pinguin in die Stille hinein. Alle denken angestrengt nach. Es ist schon so lange her. Irgendwie war immer alles weiß gewesen. Dunkel erinnern sie sich an den Schnee. Überall glitzerte das Eis. Gemütlich hatten sie sich aneinandergekuschelt. Man wusste immer genau, was als Nächstes passieren würde. Nämlich nichts. Das war so beruhigend. Ob sie jemals ihre Heimat wiedersehen würden? Heiser fängt der kleine Pinguin zu singen an:

> »Wenn man nicht weiterweiß,
> schließt man die Augen
> und träumt von Schnee und Eis
> und denkt an die –«

Sehnsuchtsvoll krächzen die beiden anderen Pinguine: »Heimat, unsere Heimat, oh, Heimat!«

Der Gesang wird immer lauter. »Oh, Heimat!«, schmettern die Pinguine, »oh, Heimat!«, und fangen plötzlich zu tanzen an: »Oh, Heimat!«

Wer schon einmal Pinguine beim Tanzen beobachtet hat, weiß, dass sie dabei Luftsprünge machen, in die Flügel klatschen und hemmungslos übereinanderpurzeln. Das Tanzen macht Pinguinen solche Freude, dass sie dabei alles um sich herum vergessen.

Deshalb bemerken sie nicht, wie sich die Taube im Sturmschritt dem Schiffsbauch nähert und die Tür aufreißt.

»Müsst ihr solchen Lärm machen? Gerade habe ich mich das erste Mal hingelegt!« Die Taube hat eine Nachtmütze auf dem Kopf und schreit so laut, dass ihr Gesicht rot wie eine Paprika ist. Wenn sie nicht sofort losgebrüllt, sondern erst einmal richtig hingesehen hätte, wäre ihr bestimmt aufgefallen, dass direkt vor ihren Augen nicht zwei, sondern drei Pinguine wie angewurzelt in ihren Tanzbewegungen innehalten. Einer der drei stammelt sogar: »Wir haben doch nur einen kleinen Heimatabend veranstaltet.«

»Seit vierzig Tagen bin ich ununterbrochen auf den Beinen«, braust die Taube auf, »die beiden Giraffen waren seekrank und hingen mit ihren Hälsen über der Reling, der Pfau hat vor Aufregung Räder geschlagen und Platz weggenommen und Noah ist auch keine große Hilfe, seit vierzig Tagen hat er sich in seiner Kabine eingeschlossen und weigert sich herauszukommen, ich trage die ganze Verantwortung allein, aber glaubt ihr, ich habe von irgendjemandem

ein Wort des Dankes gehört? Nichts dergleichen.«
Dann schlägt sie die Tür hinter sich zu.

Sobald die Taube weg ist, holen die drei Pinguine erst einmal tief Luft: »Die Taube hat nicht bemerkt, dass hier drei Pinguine waren!«
Und der Kleine kichert: »Die Taube braucht eine Brille«, aber plötzlich hält er inne. Die Schritte der Taube sind zu hören. »Sie kommt zurück!« Mit einem Satz springt der kleine Pinguin in den Koffer und schlägt den Deckel über sich zu.

Keinen Augenblick zu früh. Die Taube steht auf der Schwelle, stemmt die Flügel in die Seiten und blickt sich um: »Sind hier gerade drei Pinguine gewesen?«
»Wo soll denn hier ein dritter Pinguin herkommen?«, fragen die beiden anderen Pinguine mit einer Unschuldsmiene.
»Mir kam es gerade so vor, als hätte ich drei Pinguine gesehen.« Die Taube späht nach allen Seiten.
»Aber«, versichern die beiden Pinguine, »so etwas ist völlig normal, wenn man seit vierzig Tagen ununterbrochen auf den Beinen ist und die ganze Verantwortung allein trägt und kein Wort des Dankes hört und Noah auch keine große Hilfe ist und man

sich noch nicht einmal einen Moment hinlegen kann, unter solchen Umständen kann es schon vorkommen, dass man einen dritten Pinguin sieht.«

So freundliche Worte hat die Taube schon lange nicht mehr gehört. Alle anderen Tiere meckern nur.
»Ihr seid die Einzigen, die mich verstehen«, sagt die Taube mit Tränen in den Augen. »Ihr habt keine Ahnung, wie es in mir aussieht, dieser Regen hört nicht mehr auf, ich habe schon keine Hoffnung mehr, diese Arche war eine Schnapsidee, ich dachte immer, das wird eine Reise ins Glück, aber allmählich glaube ich, wir werden bis in alle Ewigkeit auf diesem schwerfälligen Kasten durch die Dunkelheit treiben, ohne irgendwo anzukommen, es wäre besser, wir wären alle jämmerlich ertrunken –«

Die Taube lässt den Kopf sinken, schlägt die Flügel vor die Augen und schluchzt leise. Die beiden Pinguine überlegen, wie sie die Taube schnell loswerden könnten, ohne ihre Gefühle zu verletzen. Sie watscheln zur Tür, reißen sie sperrangelweit auf und rufen: »Auf Wiedersehen!«

Aber die Taube weint weiter leise vor sich hin.

In der Stille ist plötzlich eine Stimme zu vernehmen. Sie kommt direkt aus dem Koffer: »Hättet ihr diese blöde Taube nicht eher loswerden können? Allmählich bekomme ich keine Luft mehr!«

»Was war das?«, fragt die Taube.

Die beiden Pinguine tun so, als würden sie angestrengt lauschen: »Wir haben nichts gehört.«

»Das kam aus dem Koffer«, stellt die Taube fest.

Die Pinguine schütteln schnell die Köpfe.

»Von Anfang an kam mir dieser Koffer verdächtig vor.« Die Taube klopft mit ihren Flügelspitzen auf den Deckel. »Aufmachen!«

Die Pinguine rühren sich nicht vom Fleck.

»Ich möchte endlich wissen, was da drin ist.«

»Gott«, ruft der kleine Pinguin aus dem Koffer.

Die Taube zuckt zusammen: »Wie bitte?«

Aus dem Koffer ist ein Räuspern zu hören, bevor der kleine Pinguin weiterspricht, und jetzt klingt seine Stimme ein bisschen tiefer. »Du hast ganz richtig gehört.«

»Das glaube ich nicht«, lacht die Taube.

»Du glaubst nicht an Gott?«, fragt die Stimme drohend.

»Doch, aber –«

»Na also«, donnert es aus dem Koffer.

»Aber mir fällt es schwer«, verteidigt sich die Taube, »zu glauben, dass sich Gott in diesem Koffer befindet.«

»Wieso? Gott kann überall sein.«

Die Taube blickt sich fragend nach den beiden Pinguinen um, die gleichzeitig mit ihren Köpfen nicken.

»Beweise mir«, sagt die Taube listig, »dass du Gott bist.«

»Du musst an mich glauben, ohne einen Beweis zu fordern.«

»Das ist viel verlangt.«

»Ich weiß, aber das ist der Witz daran«, kommt aus dem Koffer, »sonst wäre es zu leicht. Nicht umsonst heißt es: an Gott glauben.«

Die Taube überlegt eine Weile, endlich fragt sie: »Weißt du, was ich glaube?«, und ohne eine Antwort abzuwarten, fährt sie fort: »Das ist ein Schwindel. Ich öffne jetzt einfach diesen Koffer. Dann werden wir ja sehen.«

»Wie du willst«, spricht die Stimme. »Aber dann wirst du blind.«

»Blind?«

»Wer Gott ansieht, wird blind. Wenn du unbedingt blind werden willst, musst du nur diesen Koffer öffnen. Aber sei vorsichtig, die linke Schnalle klemmt ein bisschen.«

Die Taube schaut unschlüssig die beiden Pinguine an. Der eine überlegt, ob es stimmt, dass man sein Augenlicht verliert, wenn man Gott ansieht, während der andere Pinguin inständig hofft, Gott möge gerade seine Augen überall haben, bloß nicht im Bauch der Arche.

Nach einer Weile fängt die Stimme wieder an. »Du zögerst? Das ist sehr vernünftig. Außerdem wäre es verdammt schade, wenn eine so hübsche weiße Taube ihr Augenlicht verliert.«

»Woher weißt du, dass ich eine hübsche weiße Taube bin?«

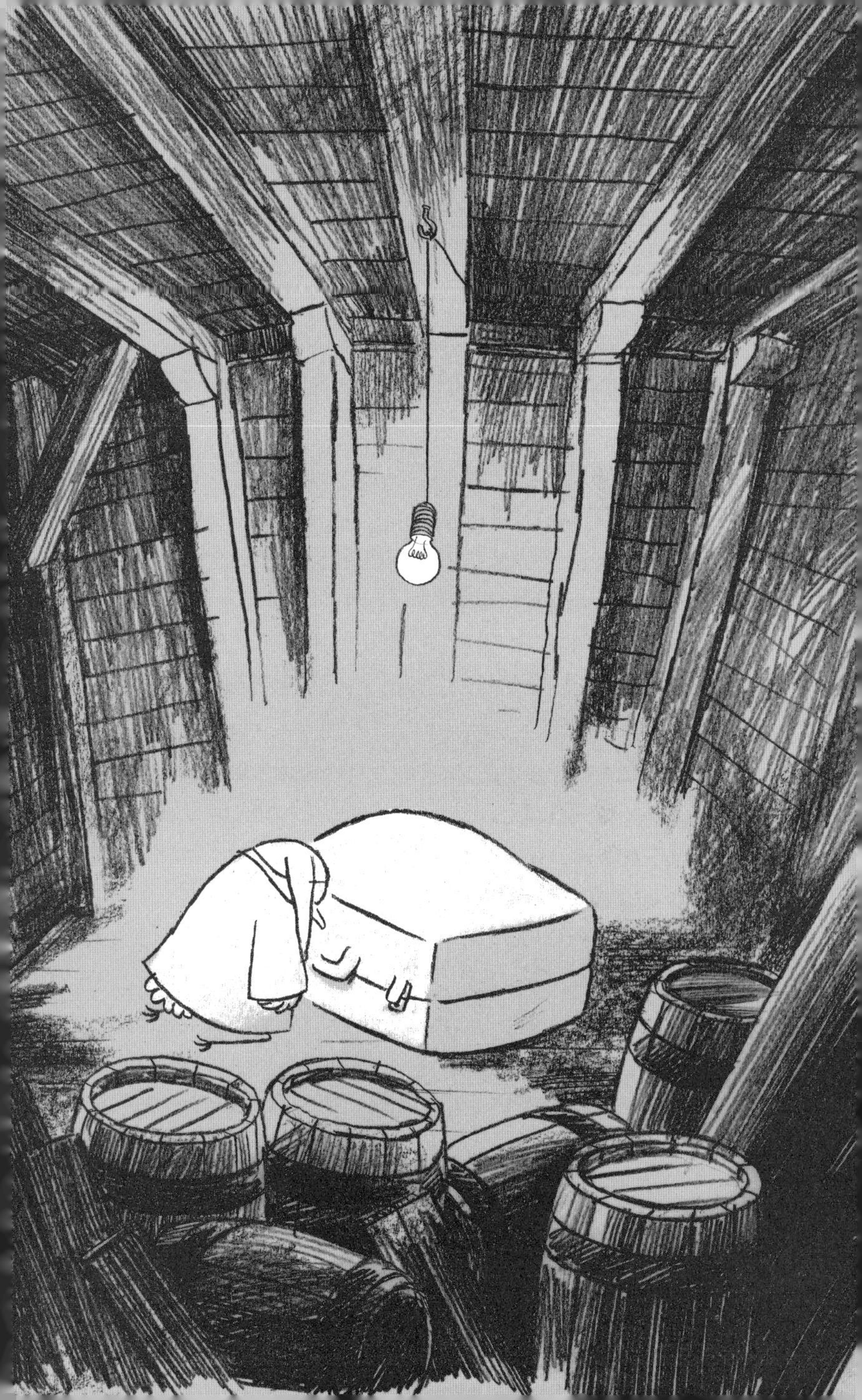

»Na hör mal, ich habe dich schließlich selbst gemacht. Nachdem ich alle Tiere geschaffen hatte, sagte ich mir: ›Zum Schluss will ich ein Geschöpf machen, das alle anderen Wesen übertrifft, ein Geschöpf, das mir ähnlich ist.‹ Und herausgekommen ist eine weiße Taube.«

Die Taube flattert aufgeregt mit den Flügeln. »Allmählich glaube ich, in diesem Koffer ist wirklich Gott.« Dann wirft sie sich vor dem Koffer auf den Boden und ruft: »Tut mir leid, dass ich dir nicht geglaubt habe.«

»Schon vergessen.«

»Ich hätte nie gedacht, dass du so verständnisvoll bist.«

»Leider machen sich die meisten eine völlig falsche Vorstellung von mir.«

Die Taube kriecht noch näher an den Koffer heran. »Ehrlich gesagt bin ich auch ein bisschen wütend auf dich gewesen.«

»Schon in Ordnung. So was kann ich vertragen. Überhaupt ist es schwer, auf jemanden wütend zu sein, der einem nichts bedeutet. Wenn du auf mich wütend gewesen bist, bin ich dir also nicht gleichgültig.«

Die Taube ist sprachlos. Die beiden Pinguine wechseln einen erstaunten Blick. Wie kommt der kleine Pinguin auf solche Einfälle?

Aus dem Koffer hört man: »Magst du mir verraten, warum du wütend auf mich gewesen bist?«

Die Stimme klingt zwar immer noch freundlich, aber die Taube hat das Gefühl, dass von ihrer Antwort einiges abhängen würde. Ist das eine Falle? Sie überlegt kurz, dann setzt sie alles auf eine Karte und platzt heraus: »Diese Sintflut ist eine Katastrophe!«

Ruhig kommt aus dem Koffer: »Auf diese Sintflut bin ich, ehrlich gesagt, nicht besonders stolz. Da habe ich ein bisschen —«

»Sprich ruhig weiter«, sagt die Taube sanft.

»Da habe ich ein bisschen überreagiert.«

»Überreagiert?!«

Selbst die beiden Pinguine machen ein verdutztes Gesicht.

»Ich habe einen Fehler gemacht«, grummelt der Koffer.

Die beiden Pinguine tauschen einen kurzen Blick, dann packen sie die Taube unter den Flügeln und ziehen sie Richtung Tür: »Gott ist ein bisschen erschöpft.«

»Lasst mich los, das ist so aufregend, ich hätte nie gedacht, was es für ein großes Vergnügen ist, mit Gott persönlich zu sprechen.«

»Dieses Vergnügen kannst du jederzeit haben«, kommt aus dem Koffer, »ich bin immer und überall für dich da.«

»In Zukunft werde ich nie wieder an dir zweifeln und ich werde überall herumerzählen, wie groß und herrlich du bist, und ich garantiere dir«, die Taube streckt ihren rechten Flügel wie ein Schwert in die Höhe, »in Rekordzeit werde ich alle anderen dazu bringen, dich ebenso zu lieben, wie ich dich liebe.«

»Ach, lass mal«, kommt es gutmütig aus dem Koffer, »jeder soll für sich selbst entscheiden, ob er mich lieben will oder nicht. Liebe zählt nur, wenn sie freiwillig geschenkt wird.«

Die Taube gerät völlig aus dem Häuschen. Mit ihrem ganzen Körper wirft sie sich auf den Koffer und schlingt ihre Flügel darum: »Ich habe dich schon immer lieb gehabt, aber jetzt liebe ich dich noch viel mehr, du bist noch viel besser, als ich gedacht habe.«

Peinlich berührt wenden sich die beiden Pinguine ab, als die Taube den Koffer mit Küssen bedeckt: »Aber vielleicht hast du auch einen Wunsch? Sprich ihn aus, ich mache alles, was du von mir verlangst.«

»Ich hätte gerne einen Käsekuchen.«

Die Taube springt vom Koffer: »Wie bitte?«

»Einen Käsekuchen.«

Alle drei starren auf den Koffer. Eine lange Stille tritt ein. »Wir machen für heute am besten Schluss«, sagen die beiden Pinguine vorsichtig. »Gott wirkt auf uns ein bisschen übermüdet. Diese gewaltige Sintflut hat ihn völlig erschöpft.«

»Umso mehr«, sagt die Taube und ihre Augen verengen sich zu schmalen Schlitzen, »hat er einen Käsekuchen verdient.«

Jubelnd tönt es aus dem Koffer: »Diese Taube kommt bestimmt in den Himmel!«

»Aber willst du«, fragt die Taube mit schmelzender Stimme, »nach dieser anstrengenden Sintflut nicht lieber etwas Herzhaftes?«

»Ein Käsekuchen genügt mir völlig.«

»Mit einer schönen braunen Kruste?«, gurrt die Taube. Aus dem Koffer gluckst es begeistert.

»Mit vielen Rosinen?«

»Je weniger, desto besser.«

»Und als Dekoration ein paar bunte Schirmchen?«, flötet die Taube.

»Das werde ich dir nie vergessen«, jauchzt der kleine Pinguin in dem Koffer. Er hat verzückt die Augen zusammengepresst und seine Flügel zu kleinen Fäusten geballt, deshalb merkt er nicht, wie die Taube langsam den Deckel öffnet, während er immer noch begeistert weiterspricht: »Ich habe nämlich ein unheimlich gutes Gedächtnis und ich überlege mir ernsthaft, ob ich dich nicht zu einer Art Stellvertreter machen sollte und –« Erst jetzt fällt ihm auf, dass seine Stimme nicht mehr dumpf und dunkel klingt. Er sperrt die Augen auf. Vor ihm steht die weiße Taube. Sie hat ihre Flügel vor der Brust verschränkt.

»Ich kenne Gott zwar nicht persönlich«, knurrt die Taube, »aber eines weiß ich ganz genau: Das ist nicht Gott.«

Der kleine Pinguin räuspert sich. »So etwas kann man nie genau wissen.«

»Gott ist doch kein Pinguin!«, schleudert die Taube ihm empört entgegen.

Vergeblich versuchen die beiden anderen Pinguine, die Taube davon zu überzeugen, dass Gott jede beliebige Gestalt annehmen könne, aber die Taube hört schon gar nicht mehr zu. Sie fuchtelt aufgeregt mit den Flügeln durch die Luft, wobei sie sogar ein paar Federn verliert, und erklärt, sie habe keine Sekunde lang an diesen Schwindel geglaubt, und die Pinguine sollten sich schämen, und sie sehe sich leider gezwungen, Noah persönlich über das geschmacklose Verhalten der Pinguine in Kenntnis zu setzen, und so viel könne sie schon jetzt sagen, die Strafe werde fürchterlich werden.

Auf der Schwelle dreht sich die Taube noch einmal um: »Mit solchen Pinguinen machen wir hier auf der Arche kein langes Federlesen.« Dann schließt sie ruhig hinter sich die Tür.

»Ausgerechnet Käsekuchen«, stöhnen die beiden andern Pinguine.

»Mir ist kein anderes Gericht eingefallen«, erwidert der Kleine kleinlaut.

»Spätestens da musste die Taube merken, dass du nicht Gott bist«, sagt der eine Pinguin und der andere fügt hinzu: »Ich habe es übrigens schon ein bisschen früher gemerkt.«

»Gemerkt?«

»Dass du nicht Gott bist.«

»Hast du etwa gedacht«, fragt der kleine Pinguin erstaunt, »dass Gott in diesem Koffer steckt?«

»Für einen Moment schon. Du warst einfach sehr überzeugend.«

Der kleine Pinguin errötet vor Stolz: »Dabei habe ich nicht einmal nachdenken müssen, diese Worte sind mir einfach so in den Sinn gekommen.«

Jetzt verliert der dritte Pinguin völlig die Beherrschung: »Seid ihr beide noch richtig im Kopf? Gott würde doch niemals zugeben, dass er einen Fehler gemacht hat. Du hast so getan, als wärst du Gott, das ist, das ist –« und seine Stimme überschlägt sich, »dafür gibt es bestimmt ein Wort, aber das kenne ich nicht, oder es gibt noch nicht einmal ein Wort dafür, weil solch ein Verbrechen noch nie zuvor begangen worden ist. Dafür werden wir alle schrecklich bestraft. Ich sehe schon seine riesige Faust über uns schweben.«

»Vielleicht ist Gott ganz anders, als wir ihn uns vorstellen«, murmeln die beiden anderen, »bestimmt ist er nicht so nachtragend.« Aber sie sind nicht restlos überzeugt, sie senken ihre Köpfe und warten auf das Federlesen.

Die Pinguine warten und grübeln über die Strafe nach. Sie wissen zwar nicht genau, was mit Federlesen gemeint ist, aber besonders vertrauenerweckend hört es sich nicht an. Bald wissen sie nicht mehr, ob sie eine Minute, einen Tag oder schon eine

Woche auf die Strafe gewartet haben. Das Warten kommt ihnen wie eine Ewigkeit vor. »Möglicherweise kommt die Strafe nie«, grübeln die Pinguine, »und das Warten auf die Strafe *ist* die Strafe.«

Plötzlich gibt es einen kräftigen Ruck. Der Schiffsboden schwankt. Die Pinguine purzeln durcheinander. Von allen Seiten sind Schreie zu hören. Bärenbrüllen, Schafsblöken, Schweinegrunzen, Elefantentrompeten, Gänseschnattern, Affenkreischen, Ziegenmeckern, Pferdewiehern, Hundebellen, Hahnenschrei, Froschquaken, Huhngegacker, Käuzchenrufe, Schlangenzischen, Nilpferdrülpsen, Reheschweigen, das Muhen der Kühe, das Heulen der Wölfe, das Miauen der Katzen – kurz gesagt: ohrenbetäubender Lärm.

Gleichzeitig ist ein Trampeln und Scharren zu hören, das kein Ende nehmen will. Aber unmerklich werden die Tierstimmen leiser. Auch das Trampeln und Scharren entfernt sich langsam. Dann hören die Pinguine gar nichts mehr. Sie lauschen angestrengt. Man hört nicht einmal mehr das Rauschen des Wassers. Selbst die Glühbirne hängt seelenruhig von der Decke herab.

In die Stille hinein spricht ein Pinguin: »Ich weiß nicht warum, aber ich habe plötzlich Lust auf Käsekuchen.« Im nächsten Augenblick wird die Tür aufgerissen.

Die weiße Taube erscheint auf der Schwelle. Sie hat etwas im Schnabel und spricht: »Ha hi hei Höhei.«
»Wie bitte?«
»Has his hein Höhlheig«, wiederholt die Taube gereizt, aber die Pinguine haben immer noch kein Wort verstanden.
»Das ist ein Ölzweig, ihr Trottel«, sagt die Taube, nachdem sie den Zweig aus dem Schnabel genommen hat, »es hat zu regnen aufgehört und Noah hat gesagt: ›Los, flieg herum und schau, ob irgendwo Land ist.‹ Endlich habe ich diesen Ölzweig gefunden. Die Flut ist vorbei. Das Wasser ist gesunken. Die Erde ist wieder trocken. Worauf wartet ihr noch? Ihr könnt an Land. Alle Tiere sind längst von

Bord. Ihr seid wie üblich die Letzten. Selbst die Schildkröten sind schneller als ihr. Marsch. Trödelt nicht so herum. Alle Tiere müssen in Zweierreihen von der Arche heruntermarschieren.«

Die drei Pinguine halten sich gegenseitig an den Flügeln fest. »Aber wir können nicht in einer Zweierreihe von Bord marschieren, wir sind doch zu dritt.«

Die Taube stöhnt verzweifelt auf. Pinguine machen nur Schwierigkeiten.

»Wo ist eigentlich die zweite Taube?«, erkundigt sich der kleine Pinguin.

Die Taube kratzt sich am Kopf. »Was für eine zweite —«

»Wenn alle Tiere in Zweierreihen von Bord gehen müssen —«, fährt der Kleine fort, aber jetzt öffnet die Taube ihren Schnabel und stößt einen schrillen Schrei aus: »Jetzt weiß ich es! Ich hatte schon die ganze Zeit das dumpfe Gefühl, irgendetwas vergessen zu haben. Einen Partner! Ich habe vergessen, eine zweite Taube an Bord zu nehmen.« Laut aufschluchzend lässt sie sich auf den Boden sinken und schlägt die Flügel über dem Kopf zusammen. »An alle Tiere habe ich gedacht, nur einen Partner für mich habe ich vergessen. Wie soll ich Noah ohne eine zweite Taube unter die Augen treten? Ich könnte mir alle Federn einzeln ausreißen. Was soll ich nur machen?«

Der kleine Pinguin denkt einen Augenblick nach. Dann sagt er: »Uns fehlt eine Taube, aber wir haben einen Pinguin zu viel an Bord.«

Die anderen schauen ihn verständnislos an.

»Versteht ihr denn nicht?«, fragt er lächelnd.

»Ich verstehe«, sagt der eine Pinguin schnell und der andere fügt rasch hinzu: »Ich auch.«

Die Taube wischt sich die Augen. »Dann könnt ihr beide es mir sicherlich erklären.«

»Leider nein«, flüstert der eine Pinguin ihr zu und der andere schüttelt den Kopf: »Ich habe auch nur so getan, als würde ich verstehen.«

Der kleine Pinguin bittet um Aufmerksamkeit, indem er einmal kräftig in die Flügel klatscht. »Hört gut zu. Es ist ganz einfach. Das wird keiner merken. Wir brauchen dazu nur Folgendes –«

Dann senkt er seine Stimme und erklärt den anderen, was er sich überlegt hat. Die Vögel stecken ihre Köpfe zusammen und tuscheln aufgeregt. Irgendwann hat sogar die Taube den Plan verstanden. »Das ist riskant«, sagt sie, »aber Noah ist schon ein alter Mann. Außerdem sieht er nicht mehr besonders gut. Es könnte klappen.«

Oben am Eingang der Arche stehen zwei Pinguine. Sie halten sich gegenseitig fest an den Flügeln und kneifen die Augen zusammen. Nach so vielen Tagen tief unten im Bauch der Arche müssen sie sich erst einmal an das Tageslicht gewöhnen. Die Sonne scheint. Der Himmel ist strahlend blau. Irgendwo zwitschern Vögel. Nur in einigen Pfützen glitzert noch Wasser. Vorsichtig watscheln die beiden Pinguine die Stufen der Gangway hinunter. Als sie endlich sicheren Boden unter ihren Füßen haben, hören sie eine tiefe Stimme: »Willkommen in der neuen Welt, aber zieht vorher eure Schuhe aus.«

Vor ihnen steht ein alter Mann mit einem langen weißen Bart. Er stützt sich auf einen Stock und schaut die beiden Pinguine durch dicke Brillengläser an.

»Wir haben keine Schuhe an«, antworten die Pinguine.

»Aber ihr hinterlasst überall schwarze Spuren.« Der Alte zeigt mit seinem Stock auf die Stufen der Gangway. Die Pinguine drehen sich um. Die Stufen der Gangway sind mit schwarzen Abdrücken übersät.

»Ach, das ist nur Teer«, sagen die beiden Pinguine, »das geht leicht wieder raus.«

»Ihr seid hoffentlich die Letzten«, sagt der Alte.

»Es kommen noch zwei.« Die beiden Pinguine weisen mit ihren Flügeln die Gangway hinauf. Oben im Eingang der Arche stehen zwei Tauben. Zwei?

Ja. Zwei Tauben. Die eine ist dick und weiß und hat sich in einen schwarzen Frack gepresst, der unter ihren Flügeln stark spannt. Schief auf dem Kopf thront ein schwarzer Zylinder.

Die zweite Taube ist einen Kopf größer, riecht ein bisschen nach Fisch und ist von Kopf bis Fuß mit einem dichten weißen Schleier verhüllt, durch den man keinen Blick werfen kann. Unbeholfen stolpert die verschleierte Taube die Stufen der Gangway hinunter, während die Taube mit dem Zylinder ängstlich darum bemüht ist, dem durchdringenden Blick des alten Mannes auszuweichen.

»Diese beiden Tauben haben sich an Bord kennengelernt«, erläutern die beiden Pinguine. »Es war Liebe auf den ersten Blick. Sie konnten kaum die Finger voneinander lassen, vielmehr die Flügel, deshalb haben wir sie sicherheitshalber verheiratet.«

»Die eine Taube ist ja viel größer«, sagt der alte Mann misstrauisch.

»Das ist völlig normal«, versichern die Pinguine, »bei den Tauben sind die Weibchen immer einen Kopf größer.«

Sobald das Paar unten angekommen ist, führen die beiden Pinguine es rasch außer Reichweite des alten Mannes, denn die Braut riecht ein bisschen nach Fisch.

»Vielen Dank für die Tickets«, rufen sie über die Schultern, »wir werden diese Reise in bester Erinnerung behalten, die Verpflegung an Bord war abwechslungsreich und das Unterhaltungsprogramm ließ keinerlei Wünsche offen!«

Der kleine Trupp Vögel ist schon fast um die nächste Ecke gebogen, als sich die Braut noch einmal umdreht. Sie hat das Gefühl, bisher nicht genügend zu Wort gekommen zu sein. Deshalb öffnet sie ihren Schnabel und ruft mit überraschend tiefer Stimme: »Selten habe ich mich so gut amüsiert wie auf der Arche Noah.«

»Einen Augenblick!« Der Alte hebt seinen Stock.

Die Vögel halten den Atem an. Keiner wagt sich umzusehen. Jetzt ist alles aus. Die dicke Taube nimmt den Zylinder vom Kopf, wirft den Pinguinen einen letzten Blick zu, dann trippelt sie langsam zu dem alten Mann. Sie erwartet ein Donnerwetter. Alles hat sie falsch gemacht. Von Anfang an. Sie hatte nicht die richtigen Tiere auf die Arche bestellt, sie hatte ständig herumgebrüllt, sie hatte heimlich Reiseproviant an Bord genommen, sie hatte mit den Klapperschlangen Karten gespielt, sie war sogar einmal auf der langen Fahrt kurz eingenickt, als endlich Land in Sicht war, hatte sie nur einen lumpigen Ölzweig gefunden, von dem vergessenen Partner ganz zu schweigen, zum Schluss hatte sie sogar einen Pinguin als Taube verkleidet und – das war eigentlich das Allerschlimmste – Noah für so dumm gehalten, auf diesen Schwindel hereinzufallen. Schuldbewusst senkt die Taube den Kopf.

»Ich habe noch keine Gelegenheit gehabt, mich bei dir zu bedanken«, hört sie die Stimme des alten Mannes. »Ich weiß, was du geleistet hast. Die Ameise hat ihren Partner wiedergefunden. Die Giraffen sind wieder wohlauf. Die Löwen haben friedlich neben den Antilopen geschlafen. Kein Tier auf der Arche hat ein anderes Tier aufgegessen. Das grenzt fast an ein Wunder. Das ist nur deinem unermüdlichen Einsatz zu verdanken.«

Die Taube blickt Noah dankbar an. Ihre Augen schwimmen in Tränen. Fast hätte sie den alten Mann mit ihren Flügeln umarmt.

»Aber warum hast du diese Pinguine an Bord genommen?«, fragt er. »Pinguine können doch schwimmen.«

Einen Moment ist die Taube so still, dass man es in ihrem Kopf rattern hören kann. »Ihr könnt – wie bitte?«, kreischt sie.

»Stimmt«, sagen die Pinguine und schlagen sich mit dem flachen Flügel an die Stirn, »wir können ja schwimmen.«

Daran hatten sie in der Aufregung nicht gedacht. Aber es war schließlich Weltuntergang. Da vergisst man schon die eine oder andere Kleinigkeit.

»Wir sind sogar ausgezeichnete Schwimmer«, sagt die Braut mit tiefer Stimme, aber die beiden Pinguine versetzen ihr einen Stoß: »Du kannst nicht schwimmen, du bist doch eine Taube.«

»Stimmt«, wispert die Braut, »ich bin kein Pinguin.«

Der alte Mann schüttelt den Kopf. »Hat mich gefreut, eure Bekanntschaft zu machen.« Dann steigt er langsam die Stufen der Gangway hinauf.

»Hoffentlich sehen wir uns bald wieder«, rufen ihm die beiden Pinguine nach und die Braut kichert übermütig: »Spätestens bei der nächsten Sintflut.«

»Bloß nicht«, stöhnt die Taube.

»Es wird nie wieder eine Sintflut geben«, sagt der alte Mann, wobei seine Stimme fast ein bisschen enttäuscht klingt, »das hat Gott hoch und heilig versprochen.«

»Wir können aber nicht versprechen«, flötet die Braut, »immer brav zu sein.«

»Jedenfalls werden wir es ernsthaft versuchen«, sagen die beiden anderen Pinguine schnell und versetzen der Braut einen Tritt.

»Gott weiß, dass sich niemand verändert«, sagt der alte Mann mit einem Blick auf die Pinguine, die sich gegenseitig treten, »Menschen ebenso wenig wie Tiere, es wird immer Streit geben, aber Gott hat versprochen, niemanden mehr zu bestrafen.«

»Woher weißt du das alles so genau?«, fragen die Pinguine und starren den alten Mann mit großen Augen an. »Du bist Gott, oder?«

Der alte Mann streicht sich lächelnd über seinen langen weißen Bart, aber bevor er antworten kann, fängt die dicke Taube laut zu lachen an: »Das ist doch Noah, ihr Trottel!« Sie muss so sehr lachen, dass sie nach hinten purzelt und auf den Boden plumpst. Alle viere von sich gestreckt, bleibt sie dort liegen, kichert noch dreimal und fängt unvermittelt zu schnarchen an. Kein Wunder. Vierzig Tage lang war die arme Taube ununterbrochen auf den Beinen, aber sobald sie sich das erste Mal ausstrecken kann, fällt sie in einen tiefen Schlaf.

»Ich bin nicht Gott«, sagt Noah geschmeichelt.

»Aber genauso haben wir uns Gott vorgestellt«, sagen die Pinguine. »Ein alter Mann mit einem langen weißen Bart.«

»Das denken viele«, sagt Noah, »aber Gott ist kein Mann.«

»Etwa eine Frau?«

»Nein!«, ruft der alte Mann empört und seine Brillengläser funkeln zornig.

»Verstehe«, sagt der eine Pinguin, »Gott ist mehr so eine Art Ding«, und der verschleierte Pinguin fragt mit piepsender Stimme: »Wie ein Toaster?«

»Ihr könnt euch Gott vorstellen, wie ihr wollt«, erklärt Noah, »aber er ist überall, in jedem Menschen, in jedem Tier, in jeder Pflanze und –«

»Moment«, unterbricht ihn der eine Pinguin, »Gott gibt also zu, dass diese Sintflut ein Fehler gewesen ist?«

Noah weist mit seinem Stock auf den Horizont. Dort ist ein Regenbogen zu erkennen. »Dieser Regenbogen ist ein Zeichen von Gott, dass der Regen nie mehr so endlos und für so viele Tage die Sonne verdunkeln soll.«

»Was für eine noble Geste«, die Pinguine machen große Augen, und hätten sie einen Hut getragen, hätten sie ihn jetzt abgezogen.

Der kleine Pinguin sagt: »Ich finde es sehr anständig von Gott, dass er zugibt, einen Fehler gemacht zu haben.«

Die Pinguine starren so lange auf den Regenbogen, bis ihnen schwindelig wird. In der Zwischenzeit ist Noah schon längst die Gangway hinaufgestiegen und in seiner Arche verschwunden.

Der verschleierte Pinguin wirft einen Blick auf die schnarchende Taube. »Die Ärmste hat den Regenbogen verpasst.«

»Du kannst deine Verkleidung jetzt ausziehen«, fordern die beiden anderen ihn auf.

»Ach, eigentlich fühle ich mich in diesem Fummel ganz wohl.«

Die beiden anderen blicken ihn scharf an. »Du bist aber keine Taube, sondern ein Pinguin. Das ist dir hoffentlich klar.«

Der verkleidete Pinguin errötet unter seinem Schleier und versetzt beiden Pinguinen einen Tritt. Wenn man Pinguinen einen Tritt versetzt, treten sie immer zurück – außer wenn sie gerade versprochen haben, künftig immer brav zu sein.

»Wenn wir uns streiten, gibt es gleich wieder eine Sintflut«, warnt der eine Pinguin.

»Nein«, widerspricht der andere, »Gott hat doch hoch und heilig versprochen, nie wieder eine Sintflut zu schicken.«

»Vielleicht gibt es Gott gar nicht und es hat einfach nur ungewöhnlich lange geregnet«, überlegt der verschleierte Pinguin.

»Wenn es keinen Gott gibt, warum reden wir dann so viel über ihn?«, fragen die beiden anderen.

»Damit wir uns nicht so alleine fühlen.«

Die beiden anderen kichern. »Du bist einfach übermüdet.«

In diesem Augenblick flattert etwas vorbei. Es ist klein und gelb und schwirrt dreimal um die Köpfe der Pinguine herum.

»Ein Schmetterling!« Der Kleine hüpft auf und ab.

»Sogar zwei!«, rufen die beiden anderen und zeigen auf einen zweiten gelben Schmetterling, der dem ersten nachflattert. »Ist das etwa mein Schmetterling?«, fragt der kleine Pinguin.

»Lauf ihm nach, dann wirst du schon sehen.«

Aufgeregt watschelt der kleine Pinguin den beiden Schmetterlingen hinterher. »Es ist mein Schmetterling«, jubelt er. »Ich erkenne ihn genau. Sein linker Flügel ist noch ein bisschen zerknautscht.«

Die beiden anderen Pinguine zwinkern sich gegenseitig zu. Dann fällt ihr Blick wieder auf die schnarchende Taube. Plötzlich trippelt der verkleidete Pinguin zu ihr, schlägt seinen Schleier zurück und gibt ihr einen Kuss. Die Taube öffnet überrascht die Augen und erwidert den Kuss. Aber als sie bemerkt, dass sie gerade einen Pinguin geküsst hat, schlägt sie die Augen verlegen nieder. Dann umarmt sie den Pinguin und drückt ihn fest an sich.

Seit diesem Tag sind die Taube und der Pinguin nicht mehr voneinander zu trennen. Zwar meint das eine oder andere Tier, so etwas wäre absolut nicht in Ordnung, vor allem die beiden Klapperschlangen kommen regelmäßig vorbei und behaupten, dass Gott solch eine Verbindung niemals gewollt habe. Aber die Taube und der Pinguin kümmern sich nicht darum. Denn sie haben sich in der Zwischenzeit richtig lieb gewonnen.

Wo wohnt die Seele?

Fynn
**Hallo, Mister Gott,
hier spricht Anna**
Mit farbigen Bildern
von Silvio Neuendorf
Aus dem Englischen
von Jörg Andreas
Band 80615

Fynn
**Anna schreibt
an Mister Gott**
Neues von Anna über
Gott und den Lauf
der Welt
Aus dem Englischen
von Jörg Andreas
Band 80688

Fischer Schatzinsel

fi 555 083 / 1

Liliane Susewind ist da!

Tanya Stewner
Liliane Susewind
Mit Elefanten
spricht man nicht!
176 Seiten, gebunden

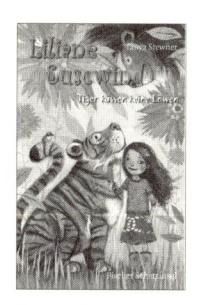

Tanya Stewner
Liliane Susewind
Tiger küssen
keine Löwen
224 Seiten, gebunden

Tanya Stewner
Liliane Susewind
Delphine in Seenot
224 Seiten, gebunden

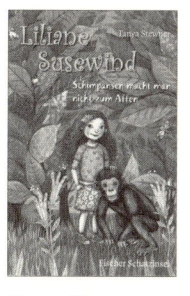

Tanya Stewner
Liliane Susewind
Schimpansen macht
man nicht zum Affen
240 Seiten, gebunden

Fischer Schatzinsel

Ein Fall für Wanze Maldoon

Wanze Maldoon ist, wie der Name schon sagt, ein Käfer – und von Beruf Privatdetektiv. Der beste und billigste Schnüffler im ganzen Garten (und auch der einzige). Wozu man im Garten einen Detektiv braucht? Weil auf der großen Wiese zwischen Gänseblümchen und Löwenzahn nicht nur friedfertige Krabbeltiere wohnen, sondern auch beinharte Schurken. Als Ohrwurm Eddie verschwindet, merkt die Wanze schnell, dass dies mehr als ein Routinefall ist. Der gesamte Garten ist in allerhöchster Gefahr!

Ein packender Ermittlungsfall aus dem Insektenmilieu – verboten spannend und kriminell komisch!

Paul Shipton
Die Wanze
Ein Insektenkrimi
Aus dem Englischen von
Andreas Steinhöfel
Mit Bildern von Axel Scheffler
Band 80238

Das gesamte Programm finden Sie unter
www.fischerverlage.de

Willkommen im Zauberland!

Ein Sturm verschlägt die kleine Elli und ihren Hund Totoschka von Kansas ins Zauberland. Zum Glück finden sie bald treue Freunde: die Vogelscheuche Scheuch, den Eisernen Holzfäller und den Feigen Löwen. Trotzdem sehnen sich Elli und Totoschka nach zu Hause. Und der Scheuch wünscht sich Verstand, der Eiserne Holzfäller ein Herz und der Feige Löwe Mut. Gemeinsam machen sie sich auf die Suche nach dem großen Zauberer der Smaragdenstadt, der angeblich alle Wünsche erfüllen kann.

»»Der Zauberer der Smaragdenstadt‹ ist ein klarer Fall von Weltliteratur.« *Evelyn Finger, Die Zeit*

Alexander Wolkow
**Der Zauberer
der Smaragdenstadt**
Aus dem Russischen
von Lazar Steinmetz
Mit Bildern von
Leonid Wladimirski
Band 80977

Fischer Schatzinsel